SILLONS ET DÉBRIS

PAR

H. DU PONTAVICE DE HEUSSEY.

Adesso e sempre.

PARIS

CASTEL, LIBRAIRE-ÉDITEUR,

PASSAGE DE L'OPÉRA, GALERIE DE L'HORLOGE, 3 ET 21.

1860

SILLONS ET DÉBRIS

DU MÊME AUTEUR :

Les Nuits rêveuses, 1 volume. *Épuisé.*
Manfred et Lara, 1 volume.
Etudes et Aspirations, 1re série, 1 volume.
— 2e série, 1 volume.

SOUS PRESSE :

Mémoires et Correspondance de La Tour d'Auvergne.
Les deux Maris, roman (paraîtra très-prochainement).

Paris. — Typ. HENNUYER, rue du Boulevard des Batignolles, 7.

SILLONS ET DÉBRIS

PAR

H. DU PONTAVICE DE HEUSSEY.

Adesso e sempre.

PARIS

CASTEL, LIBRAIRE-ÉDITEUR,

PASSAGE DE L'OPÉRA, GALERIE DE L'HORLOGE, 3 ET 21.

1860

PRÉFACE

PRÉFACE

Il faut un long combat, de terribles efforts,

Une conviction, pour détacher son âme

De ces liens si doux et cependant si forts,

La main d'un vieil ami, les lèvres d'une femme,

Et se dire : «C'est bien ! ils vivaient, ils sont morts ! »

C'est le cœur qui se lève et se range lui-même,

Pour ce qu'il doit aimer, contre tout ce qu'il aime.

L'homme qui lutte seul a toujours le dessous...

O frères inconnus qui criez dans le gouffre,

Accueillez un soldat! de tout ce que je souffre

Je triompherai mieux en combattant pour vous.

ANN

ANN

Tu reparais. C'est toi. Tu jaillis de la nuit

En lueurs obstruées,

Et la tempête, au loin, te précède et te suit

Sur des flots de nuées.

Des rayons convulsifs se brisent sur le flanc

De ces masses énormes,

Et le vent furieux leur donne, en y soufflant,

D'épouvantables formes !

La forêt retentit. Sous le brusque aquilon

La mer s'ouvre écumante,

Une lourde vapeur s'élève du vallon

En spirale fumante.

Légère à l'ouragan qui la chasse au hasard,

La pluie, en sifflant, tombe ;

L'air est un hurlement, l'atmosphère un brouillard,

Et la terre une tombe !

Ah ! tu me plais ainsi, sois sûr d'un bon accueil

    O jour anniversaire !

Tu sais mon bonheur mort, et tu revêts le deuil

    Comme un ami sincère.

Rassemble, si tu veux, dans un mugissement

    Le tonnerre des lames,

Les sanglots du pêcheur qui sombre, et vainement

    Se cramponne à ses rames ;

Et le cri de combat par la forêt poussé

    Sous le vent qui l'insulte,

Et le déchirement du chêne fracassé,

    Qui s'abat en tumulte ;

1.

Et le croassement sinistre des corbeaux

    Sur l'yeuse effeuillée,

Et ce frisson léger qui court sur les tombeaux

    Parmi l'herbe mouillée ;

Le soupir de la fleur toute pleine de miel

    Que l'orage a surprise,

Qui se penche et qui meurt, et, s'envolant au ciel,

    Parfume qui la brise ;

Et les sifflets aigus des oiseaux de la mer

    Fouettant le flot qui gronde,

Et le *De profundis* éparpillé dans l'air

    Comme le glas du monde ;

Et puissent tous ces sons lugubres, à ton gré

    En un seul se confondre,

Et chante ton antienne et je te répondrai !

    J'ai de quoi te répondre !

Quand nous aurons, tous deux, sur le mode alterné

    Réglé par l'ironie,

De la terre maudite à l'homme condamné

    Célébré l'harmonie ;

Quand nous aurons chanté, toi, les arbres à bas,

    L'orage et les ruines,

Moi, l'éternel baiser de l'éternel Judas

    Sur les lèvres divines !

Quand nous aurons tous deux, dans un final savant,

Ramené notre thème,

Et terminé soudain, toi, par un coup de vent,

Et moi, par un blasphème,

Alors... adieu ! Je sens que tu viens de rouvrir

Mes blessures qui saignent !

Reviens avec la mort ! ou que pour me guérir

Les ténèbres t'éteignent !

PORTRAIT

PORTRAIT

Regardez ce jeune homme au visage plombé,

Au sourcil grave, au dos courbe, à l'air absorbé :

Son profil est osseux, maigre, sa lèvre mince.

Voici trois ans passés qu'il sortit de province,

Et depuis, à Paris, vrai possédé du droit,

Il compulse, il commente, il compile, il revoit ;

Il rapproche et compare, il divise et condense ;

Il sera l'aigle un jour de la jurisprudence,

Car déjà son esprit s'évertue en secret

A forger un sophisme en faussant un arrêt !

Il est correct et froid, il est humble et sinistre.

Sa main est une plume et sa tête un registre

Où les lois, les décrets s'inscrivent à leur rang :

Il dîne en un quart d'heure et déjeune en courant ;

De fatigue accablé, s'il se couche et sommeille,

Le fantôme du droit se penche à son oreille,

Pose une question, et le pâle endormi

A mots entrecoupés lui répond à demi.

Sort-il ? d'un pas rapide il arpente les rues ;

Vous ne le verrez point flâner, bayer aux grues,

Devant un objet d'art perdre un temps précieux,

Il marche impatient, sourd et silencieux ;

Il regarde sa montre avec inquiétude,

Une heure au moins d'avance il arrive à l'étude,

Afin d'y ruminer, le menton sur le poing,

Deux arrêts *in idem* qui ne s'accordent point.

Suivez-le dans ses mœurs : ce jeune homme est un sage.

Jamais le tentateur ne l'a pris au passage,

Jamais les doux lilas, où l'aube, par milliers,

Suspend dans les lueurs ses perles en colliers,

Les fleuves enlacés aux collines vineuses.

La montagne étalant ses croupes lumineuses

Autour du pré qui sèche et fume au jour levant,

Jamais un front voilé que dévoile le vent,

Un sourire imprégné de grâce ou de finesse,

N'ont fait éclore en lui l'âme de sa jeunesse!

Il marche imperturbable en son chemin légal,

C'est un ambitieux qui n'a pas d'idéal.

La science pour lui..., c'est la bibliothèque !

Il mâche le contrat, rumine l'hypothèque...

Son but est de se voir assis dans un fauteuil,

Conseiller, président... — Son vice c'est l'orgueil !

Dans le seul droit civil il prend sa conscience ;

Il a de la mémoire et de la patience,

Mais, à l'esprit d'autrui son esprit limité,

Damnerait le bon sens sur une autorité !

Il ne fut point enfant, il ne sera pas homme.

C'est un de ces bourgeois... que leur fonction nomme,

Mais qui n'ont, de leur chef, ni contour, ni vigueur,

De ces gens vertueux à qui manque le cœur !

Pour lui, la liberté, l'art ou l'amour, chimère !

Pourtant il a joué sur le sein d'une mère !

Ce lait, où nous puisons la grâce et la pitié,

L'a nourri maigrement et non modifié !

Froid devant la beauté qui sourit ou qui pleure,

Ce pédant définit la femme : une mineure !

O jeune homme ! sois fier, et poursuis ton chemin !

Monte à l'apothéose un vieux code à la main !

En te voyant passer, le père de famille

Déjà comme un époux te désigne à sa fille ;

On te fête à l'envi... Seul, je dis alarmé :

« Pour oser être juste, il faut avoir aimé ! »

Au président futur que le sot applaudisse !

Quand on manque de cœur, on manque de justice...

Ce docteur vertueux..., cet aigle du barreau,

Cet homme de vingt ans... pourrait être un bourreau !

ROMANCE

ROMANCE

> Il n'y a point de hasard; nous devions nous rencontrer, et nous nous sommes rencontrés.
>
> WIELAND (*Pérégrinus Protée*).

Quand, assise au foyer du maître,

Le front calme et le cœur amer,

Quelque libre souffle de l'air

Vient tressaillir à ta fenêtre...

O pauvre femme ! oh moi ! j'entends

Les pleurs muets que tu répands.

Le maître ! il veut que l'on t'admire.

Tes yeux sont rouges!... Sèche-les!

Car, pour le monde et les valets,

Le bonheur rit dans le sourire !

Mais sous ton masque... moi j'entends

Les pleurs muets que tu répands.

Et sous le baiser qui te navre,

Lorsque, chaste en ta volonté,

Tu laisses à la volupté

Non pas le corps..., mais le cadavre,

O sainte vierge ! moi j'entends

Les pleurs muets que tu répands !

Le temple s'ouvre... vas et prie !

Demande au ciel grâce et secours ;

Rien !... la vieillesse a rendu sourds

Le bon Dieu, les saints et Marie.

Et dans l'église, seul j'entends

Les pleurs muets que tu répands.

« Cache ces pleurs, » te dit le prêtre !

Avec lui le Code est d'accord.

Jusque sur le lit de la mort

Tu dois lécher la main du maître.

O pauvre esclave ! oh moi ! j'entends

Les pleurs muets que tu répands.

Eh bien, meurs donc ! creuse ta tombe

Avec tes larmes... jour à jour.

ROMANCE.

La mort est un nom de l'amour !

Sous son baiser le masque tombe...

Et j'essuierai, moi qui t'attends,

Les pleurs muets que tu répands.

EN VOYAGE

EN VOYAGE

Hier, en traversant le bourg de Saint-Germain,

Je vis un petit pauvre au milieu du chemin ;

Il campait au soleil, et d'une dent friande

Déchirait un pain noir assaisonné de viande ;

Et comme la pitance était large et de choix,

Le bambin dévorait et riait à la fois.

2.

A sa droite un manoir, à sa gauche une église

Formaient cadre ; l'enfant n'avait pas de chemise.

Un pantalon troué trahissait les genoux ;

Point de bas ; des sabots usés jusques aux clous,

Une veste de bure à moitié déchirée,

Tout prouvait qu'il venait contre vent et marée !

Il venait cependant. Son corps était membru ;

A l'air libre exposés, ses cheveux poussaient dru ;

Je lui croyais treize ans, il n'en avait pas onze !

Son col nu reluisait d'une teinte de bronze,

Il avait le dos large et le buste d'aplomb,

Une jambe nerveuse, un pied de vagabond ;

En sorte qu'on voyait en cette créature,

La puissante misère et la forte nature

Se disputant la forme, et l'esprit et le corps,

Se livrer un combat indécis jusqu'alors,

Projeter sur son front l'ombre de leur mêlée !

C'était un mois de mai surpris par la gelée,

Un lac obscur et clair au gré du ciel changeant.

Je lui donnai d'abord ce que j'avais d'argent,

Puis, m'écartant un peu pour mieux voir son visage,

Je taillai mon crayon et me mis à l'ouvrage.

Oh ! comme avec ardeur l'étudiant de près,

Du petit mendiant je dessinai les traits,

Sa pose, le bissac qui lui servait de nappe,

L'argent qu'il regardait en lui riant sous cape,

Les riches mouvements de ses haillons poudreux,

Ses vieux sabots, ses mains maigres... j'étais heureux !

J'avais dans cet enfant rencontré la fortune !

Quel relief sur les fonds aurait cette chair brune !

Cette tête plombée, osseuse avant le temps...

Un véritable effet d'automne en plein printemps!

Et cette ampleur de front, sol profond où l'idée

N'attendait qu'un rayon pour être fécondée,

Et ces dents blanchissant des lèvres de carmin

Pour mordre le pain noir qu'il tenait à la main !

Et ce bâton, sculpté par son enfantillage,

Qui partage avec lui le poids du long voyage,

Et qui tient du château le gros chien en respect,

Car au chien du château quel pauvre n'est suspect ?

Et mon crayon, courant de la jambe à la lèvre,

S'enflammait, comprenait, vivait, avait la fièvre...

Tout à coup, je ne puis vous expliquer cela,

Mon œil cessa de voir et ma main chancela;

La conscience en foudre éclatait sur mon âme!

L'homme, en moi réveillé, dit à l'artiste : « Infâme !

Exploiteur de la faim, vil doreur de haillons! »

Et saisissant l'album, l'esquisse, les crayons,

Le regard indigné, la rougeur sur la joue,

Du haut de son mépris, les jeta dans la boue !

LE CACHOT DU DIABLE

LE CACHOT DU DIABLE

Nous étions sous le sol, — le geôlier au poil roux,

Une torche à la main, s'arrêta ; — la lumière

Nous laissa voir, scellée au milieu d'une pierre,

Une porte sinistre aux solides verroux.

Nous entrons, — l'air filtrait par une meurtrière, —

De la paille et des fers... Se retournant vers nous

3

Notre guide nous dit : — « C'est sourd comme une bière :

Quand ils sortent d'ici, les détenus sont doux. »

Puis, de ses bras velus soulevant avec peine

Les anneaux tourmentés d'une pesante chaîne :

« Deux jours de ces liens, l'animal est dompté! »

Moi, dans la dignité de la nature humaine

Je me sentis atteint ! et d'un geste de haine

Je cherchai ton couteau, féroce Liberté.

FANTAISIE

FANTAISIE

Ma muse aime la neige... et souvent nous allons,

Quand le sol craque et brille, errer dans les vallons

    Que garde une simple colline,

Dans les petits vallons au touriste inconnus,

Qui n'ont qu'un seul ruisseau, deux ou trois rochers nus,

    Sous un vieux chêne qui s'incline.

Le froid est vif et sain. Le gros buisson de houx

Comme un flambeau d'argent s'allume devant nous,

Eclairant le chemin à suivre ;

L'arbre épuisé que mai ne reverdira plus

Laisse pendre joyeux jusque sur le talus

Son brillant feuillage de givre.

Partout où, plus ardent, le reflet du soleil

Dégèle le sentier ; bouvreuil au cou vermeil,

Passereau, pinson et mésange

S'abattent, querellant sur le tien et le mien ;

Puis, le procès pendant, le camp bohémien

Fuit avec le rayon qui change.

Le roitelet, à part, chasse au long du fossé :

Il va, tourne, bondit sur le genêt glacé,

Comme un ressort couvert de plume !

Un rouge-gorge ici nous regarde... et là-bas,

Couchant l'oreille, un lièvre passe... et sur ses pas

    Un limier aboyant qui fume.

Nous rencontrons parfois dans leurs plus beaux atours,

Se rendant au marché, Jeannette et ses amours,

    Avec leur ombre sur la neige ;

Qu'ils sont bien ! l'un agile et robuste garçon,

Et l'autre ressemblant, dans son noir capuchon,

    A quelque esquisse du Corrège !

Ou ce sont des enfants, à l'œil doux et malin,

Groupés sur le cristal du ruisseau du moulin

    Où pend la glace en girandole :

Que de rires, de cris, de chutes et de jeux !

Et comme il disparaît cet essaim orageux

　　　Au son de la maison d'école !

Et nous allons ainsi, de çà, de là, causant

Sans réticence ; heureux du bonheur d'à présent.

　　　Je regarde à la dérobée

Ma compagne de route, et j'ai plaisir à voir

Son port majestueux sous son grand manteau noir,

　　　Balayant la neige tombée.

Je sais bien qu'en avril son regard plus charmant,

Plus vif et plus mouillé, luit comme un diamant

　　　Aperçu sous l'eau diaphane ;

Que sa beauté s'accorde aux roses du printemps ;

Mais malgré sa beauté, je la trouve en ce temps

　　　Trop sensuelle ou trop profane.

Je sais bien qu'en été, l'ardeur d'un ciel d'azur

La force à dévoiler le contour grec et pur

    D'un sein que la tunique oppresse;

Mais elle est trop réelle et trop femme, en été,

Et sous le vert feuillage et dans l'antre écarté

    Son baiser donne la paresse!

Je sais bien que l'automne, en estompant les cieux,

Fait trembler une larme au fond de ses grands yeux,

    Et lui met du lointain dans l'âme ;

Mais le passé, souvent, me la dispute alors!

Et je la vois, jaloux, pleurer autour des morts

    Lorsqu'un cœur vivant la réclame!

L'hiver est la saison qui nous convient... l'hiver,

Qui rend sa beauté calme et mon esprit plus clair;

                          3.

Où nous sommes seuls l'un à l'autre ;

L'hiver, où, captivé dans ses bras caressants,

Je reçois d'un amour qui domine les sens

Le fier baiser qui fait l'apôtre !

LA DIGUE

LA DIGUE

A M. LAURENT PICHAT.

Cela m'a coûté cher, — mais enfin la voici,

Cette digue rebelle aux flots ; — j'ai réussi !

Le sol était mouvant, — pour affermir la base,

Il m'a fallu jeter des débris dans la vase,

De merveilleux débris! des chapiteaux à jour,

Des frontons blancs, par moi sculptés avec amour,

Au temps où j'élevais des palais sur le sable...!

Cette borne est solide autant qu'infranchissable,

Car l'onde durcira le ciment qui l'unit ;

J'ai construit la chaussée en dalles de granit,

Dès brise-lame aigus, ainsi que des épées,

Se plongent bien avant dans les vagues coupées,

Au bout de la jetée un phare puissant luit,

Il dénonce la mer et domine la nuit.

Oui, le combat fut long, — pour bâtir cette digue,

Je n'ai point marchandé le temps ni la fatigue,

J'ai dû, soit qu'il veillât, soit qu'il fût endormi,

Etudier de près mon terrible ennemi,

Découvrir sur quel point ses diverses marées

Heurtaient plus lourdement les grèves déchirées ;

Espion obstiné, rôder autour de lui,

Chercher son côté faible et m'en faire un appui;

Profiter du moment où le reflux l'emmène,

Pour gagner quelques pieds de plus sur son domaine ;

Mais que de longs efforts de succès dépourvus !

D'incidents soulevés par les flots imprévus,

De triomphes menteurs, terminés en défaites,

De calculs rigoureux faussés par les tempêtes !

De découragements, de désirs effrénés

De ne plus dire non à ces flots obstinés,

Et d'aller, désertant l'espérance et la tâche,

Sur la pierre du songe enfin m'asseoir en lâche,

Et là, croisant les bras, dans un silence amer,

D'attendre, indifférent, le retour de la mer,

Afin qu'elle engloutit, coupant court au problème,

Et le champ de bataille et le lutteur lui-même !

L'homme enfin l'emporta... — Je l'avouerai, d'ailleurs,

Je dois cette victoire à deux ingénieurs,

Qui vinrent tour à tour, différents d'aptitude,

Me créer de la force et de la rectitude ;

Le premier, plus ardent et plus ingénieux,

Le second, plus profond et plus silencieux :

Le premier m'apporta, pour m'emparer des pierres,

Des leviers vigoureux, des marteaux, des tarières,

Des ressorts, des pilons d'un immense pouvoir,

Qui grondaient et grinçaient en faisant leur devoir,

Et semblaient, répondant au courroux de la vague,

Du futur au présent une menace vague.

Ce jeune ingénieur ! oh ! comme il fit marcher

En ligne de combat le sol et le rocher !

Comme il nous inspirait le travail et l'audace !

Comme il nous enseignait à regarder en face

L'Océan insurgé contre nos bataillons !

A puiser dans ses flots et dans ses tourbillons

Cette soif de l'assaut qu'irrite l'impossible,

Et la foi du succès qui rend l'homme invincible.

Près des flots, le dimanche, il me parlait souvent ;

Quel discours imagé ! quel langage vivant !

Son front brillait alors d'une beauté céleste,

Et mon cœur plus viril palpitait sous son geste ;

L'avenir à sa voix s'ouvrait à l'infini !

Les sables fécondés, et l'Océan banni,

Les troupeaux mugissants où grondaient les marées,

L'acier étincelant dans les moissons dorées,

Les jardins étendus sur les terrains conquis

Sous leurs pêchers vermeils et leurs figuiers exquis,

Tout, pour m'encourager, éclatait en symbole,

Murmurait, reluisait, chantait dans sa parole !

Quand il eut, dételant les derniers chariots,

Rassemblé sous ma main tous les matériaux,

Il me dit, un matin, en marchant sur la grève :

« Je prépare toujours et jamais je n'achève !

Mon successeur viendra demain, n'en doutez pas :

Vous avez le levier, vous aurez le compas. »

L'autre vint en effet : un grand vieillard robuste,

Et d'aplomb sur ses reins ; sa face était auguste,

Son large front portait dans ses reliefs puissants

Toutes les facultés du droit et du bon sens,

Les bosses des rapports, du sang-froid, du courage.

Du jeune ingénieur il visita l'ouvrage,

Son effroyable amas de sables et de fer,

Tout ce camp préparé pour attaquer la mer :

Lourds quartiers de granit arrachés à leurs gorges,

Carrières, étançons, mines, chemins et forges,

Ateliers frémissants d'où l'on voyait le rail

Emporter en sifflant le butin du travail,

Et l'airain en serpent s'assouplir et se tordre ;

Armée immense enfin, qui n'attendait qu'un ordre,

Pour se mettre en bataille, en digue se dresser

Et crier à la mer : « Tu ne peux plus passer ! »

Puis il sonda le sol. Le fond était de vase...

« Le destin du combat, dit-il, est dans la base,

L'entreprise en dépend. » Et suivant son conseil,

Je pris tous les débris que j'avais au soleil,

Frontons et chapiteaux, et colonnes de marbre ;

J'y joignis de grands blocs et d'énormes troncs d'arbre,

Et je noyai le tout dans l'humide terrain,

Et, comme je l'ai dit, l'Océan eut son frein.

Puissance du passé, te voilà donc proscrite !

Cette digue a créé le sillon qu'elle abrite !

Et j'entends, sur ces bords autrefois désolés,

Mes pacages mugir parmi l'or de mes blés !

Oh ! qu'il est doux, le soir, assis sur la chaussée,

De goûter le fruit mûr de la peine passée !

Qu'il fait bon regarder, dans les soleils couchants,

Le côté de la mer et le côté des champs,

Le frissonnant azur des vagues captivées,

L'horizon animé des terres cultivées...

On dirait voir le monde, en ce double tableau,

S'échapper du déluge et rire au bord de l'eau !

Mes deux ingénieurs me font parfois visite ;

Dans son enchâssement si quelque pierre hésite,

Si quelque appui faiblit, nous le rétablissons,

Et ces deux grands esprits m'aident à leurs façons.

L'un me donne l'élan, et l'autre la mesure ;

Le plus jeune m'enflamme, et le vieux me rassure ;

Employez-les tous deux pour endiguer le mal,

Le vieux a nom Justice, et le jeune Idéal !

ÉCOLE DE MAI

ECOLE DE MAI

Enfants ! voici l'herbe qui pousse !

Voici venir les papillons ;

L'on entend déjà sous la mousse

L'aile chantante des grillons.

Je suis votre maître d'école

Dans la saison du mauvais temps,

Mais votre mère a la parole

Aux premiers boutons du printemps.

Appelez-la !... fermez le livre,

Et l'écritoire et le cahier...

Je l'entends, — vite pour la suivre

Quatre à quatre dans l'escalier !

Courez vous asseoir avec elle

Sous cet arbre aux blanches couleurs,

Dont un oiseau, d'un seul coup d'aile,

Fera sur vous neiger les fleurs.

Sous cette guirlande éphémère,

O mes enfants, enlacez-vous !

Un doux cercle..., au milieu la mère,

Le plus petit sur ses genoux.

Elle va vous apprendre à lire

Dans tous ces livres parfumés,

Que le ciel ouvre d'un sourire

Et que le froid tenait fermés.

Les voilà tous la bouche close !

Qu'enseigne-t-elle ce matin ?

On prend leçon dans une rose,

La plus hâtive du jardin.

Elle en dit le nom, le costume,

Le calice mystérieux,

Et d'un souffle qui s'y parfume

Ouvre la corolle à leurs yeux.

Puis, sur la branche maîtrisée,

Obligeant la fleur à plier,

Elle en fait tomber la rosée

Sur le front de quelque écolier.

Lilas mouillés, aux brunes grappes,

Duvet de fleur blanc ou vermeil,

O violette qui te drapes

Dans ton manteau vert, au soleil !

Jetez-lui vos senteurs écloses !

L'esprit du printemps doit bénir

Celle qu'il trouve auprès des roses,

Faisant l'école à l'avenir.

BOUQUET RETROUVÉ

4.

BOUQUET RETROUVE

Le jour, à son insu, je lui prends sans rien dire
Le mot le plus léger, le plus petit sourire,
Le frisson d'une tresse, un geste gracieux,
Les ombres, les rayons qui traversent ses yeux,
La rougeur fugitive éclose sur sa joue,
Et le pli de son voile où la brise se joue,

Et le bruit de ses pas et les vagues parfums

Qui sortent de sa lèvre et de ses cheveux bruns ;

Et jusqu'aux frôlements de sa traînante robe :

Et de ces riens charmants, qu'ainsi je lui dérobe,

Je m'arrange un bouquet de poëte... et, le soir,

Je vais avec mes fleurs près de la mer m'asseoir,

Et dans leur touffe émue et par moi composée,

J'aime à laisser entrer la lune et la rosée !

Heureux comme un enfant, du geste et de la voix

Je parle à chaque feuille, à toutes à la fois.

En épelant son nom au sein de leurs calices,

Je tremble, je me plains, je pleure avec délices !

Je dis à l'air : « Sers-nous de muet entretien ;

Porte-lui tout mon cœur et rapporte le sien ! »

Puis, avant de partir, lentement je délie

Mon bouquet d'espérance et de mélancolie;

Je respire à plein cœur ses parfums ravissants !

Je touche chaque fleur et je leur donne un sens;

Caressant ce qui meurt et ce qui vient d'éclore,

Je compte mon larcin et le recompte encore !

Et quand sonne minuit, dans ma chambre rentré,

Je serre dans mon sein mon bouquet adoré ;

Et lorsque je m'endors, son image le cueille

Et jusques au matin sur mes songes l'effeuille !

LE VIEUX PONT DE BALE

LE VIEUX PONT DE BALE

A MADAME GEORGE SAND

I

D'un linceul nuageux avril avait couvert

La nuit muette et pâle ;

Un homme regardait fuir le Rhin au flot vert

Sous le vieux pont de Bâle.

Sur les deux bords du fleuve échelonnant leurs toits,

Les maisons embrumées

Entr'ouvraient à la file, en leurs blanches parois,

Leur vitres enflammées.

Parfois un souffle d'air plus âpre et plus puissant

Déchirait les nuées,

Et faisait tout à coup rayonner le croissant

Au fond de leurs trouées :

Alors, sous sa lueur, s'estompaient des sommets

Et des plaines fuyantes,

Le grand-duché de Bade et ses noires forêts,

Les Vosges ondoyantes.

Puis tout le paysage à l'instant s'écroulait

    Dans la vapeur blanchâtre,

Et remontait soudain, comme, au coup de sifflet,

    Les décors d'un théâtre.

Or, ce fut quand la lune en argentait le cours

    Que le voyageur pâle

A demi-voix au fleuve adressa ce discours,

    Sur le vieux pont de Bâle.

II

Rhin irascible et fier, oh ! comme te voilà

    Soumis au pli des rives !

Caressant les jardins, la ville, la villa,

    Calmes sur tes eaux vives.

A peine si j'entends sonner sous le vieux pont

    Ton rapide passage...

Du glacier paternel, toi qui sortis d'un bond,

    Qui t'a rendu si sage?

Est-ce toi que j'ai vu dévaler à grand bruit

    Dans le ravin qui fume,

Des gouffres réveillés épouvanter la nuit

    De lumière et d'écume?

Et sautant de ton lit, coupé sous les flots verts

    De ton onde jalouse,

Est-ce toi que j'ai vu, foudre, brouillards, éclairs,

    Faire trembler Schaffouse?

O Rhin ! est-ce bien toi qui baignes ces épis,

    Ces collines vineuses,

Et berces, familier, dans tes bras assoupis

    L'image des faneuses ?

Est-ce toi qui permets à ce pont de s'asseoir

    En travers de ta voie,

Et laisses dans tes eaux les fileuses, le soir,

    Rire et tremper la soie ?

Si docile !... et pourtant tu parais aussi fort

    Dans ces grasses campagnes,

Que lorsque tu tordais les vieux sapins du nord

    Ou le flanc des montagnes.

Comment donc as-tu fait pour n'avoir rien perdu

De ta vigueur première,

Toi qui sur chaque roc as laissé suspendu

Un lambeau de crinière?...

III

Et le Rhin qui passait entendit le discours

De ce voyageur pâle,

Et répondit ainsi, ralentissant son cours,

Sous le vieux pont de Bâle :

Ecoute ma réponse à ce discours amer.

Un peu de patience !

Je viens de la montagne et je vais à la mer,

J'ai donc de la science.

Comme moi, te dis-tu, le Rhin s'est dépensé

    Et le voilà robuste ;

Et *moi, l'homme,* je suis faible, amoindri, lassé,

    Oh ! cela n'est pas juste !

Tu te dis (et c'est vrai !) je descends d'aussi haut

    Que ces ondes altières ;

Comme elles expansif, j'ai dû donner l'assaut

    A toutes les barrières.

Comme elles dans leur cours, dans le mien j'ai creusé

    De terribles ravines,

Entraînant avec moi ce que j'avais brisé :

    Tiges, fleurs et racines.

Fausse comparaison ! du coupable vaincu

Indigne subterfuge !

Quand le fleuve a coulé, lorsque l'homme a vécu,

C'est le but qui les juge !

Oui ! nous avons lutté tous deux ; toi, pour saisir,

Hors de la sphère humaine,

L'infini du baiser, du bonheur, du plaisir,

L'Ame du phénomène !

Oui ! nous avons brisé tous deux, dès le matin ;

Mais toi pour tes caprices !

Oui, nous sommes tombés, homme et fleuve, en chemin,

Mais dans quels précipices ?

Quel rapport entre nous ? j'ai franchi comme toi

   Toute borne rebelle ;

Mais ne confondons pas l'obstacle avec la loi,

   O lutteur infidèle !

Si j'ai, fils du glacier, frappé d'un coup trop sûr

   Mes plantes riveraines,

Franchi, sans hésiter, les profondeurs d'azur

   Des lacs pleins de Syrènes,

C'est qu'il le fallait bien ! c'est que sans m'arrêter

   Je dois suivre ma ligne ;

C'est que, pour le servir, et que pour me hâter,

   L'homme me faisait signe !

           5.

C'est que je savais bien que les êtres brisés,

Pris par mes flots superbes,

Où j'étais attendu par ces flots déposés,

Refleuriraient en herbes !

Le courroux destructeur n'est permis au torrent

Que pour les jours d'épreuve ;

Il est justifié de ce qu'il frappe et prend

S'il enfante le fleuve ;

Il est justifié de son commencement

De glaces ou de boue,

S'il féconde un vallon, s'il met en mouvement

Quelque puissante roue !

Il reste large et plein quand il est descendu

Favorable aux campagnes;

Il a, pour recouvrer le flot qu'il a perdu,

Une source aux montagnes!

Mais l'être vigoureux qui répand au début

Ses passions prodigues,

Qui brise pour briser, et sans un noble but

Ronge les vieilles digues,

Doit venir, comme toi, faible sous le regret

D'une lutte inféconde,

S'asseoir au bord du fleuve et lire son arrêt

Dans l'eau calme et profonde.

Va donc et repens-toi ! rentre dans le devoir,

Grâce à sa double rive,

Pour étancher le cœur tu peux encor avoir

Quelque flot qui t'arrive !

Mais la mer m'avertit de poursuivre mon cours :

Adieu, voyageur pâle !

Dans la tentation, souviens-toi du discours

Sur le vieux pont de Bâle !

LE ROSSIGNOL

LE ROSSIGNOL

CAUSERIE D'APRÈS COLERIDGE

L'occident n'a gardé du coucher du soleil,

Ni reflet vaporeux, ni nuage vermeil.

Pas un fil de lumière à l'horizon ne tremble.

Sur ce vieux pont moussu reposons-nous ensemble.

Vous voyez le ruisseau qui scintille au-dessous,

Mais son gazouillement ne vient pas jusqu'à nous,

Tant il coule assoupi sur son lit de verdure ;

Nuit saine ! au fond du ciel toute étoile est obscure.

Si nous songeons pourtant que dans cette saison

La pluie aime les fleurs et hâte le gazon,

Nous trouverons plaisir à regarder ces voiles

Qu'un souffle du printemps jette sur les étoiles.

Et... chut ! le rossignol prélude en ce moment.

« Mélancolique oiseau ! musicien charmant ! »

Mélancolique, lui, le rossignol ? folie !

La nature est sans ombre et sans mélancolie !

Mais un chanteur de nuit, un amant délaissé,

Poitrinaire et saignant de son bonheur blessé,

Pauvre diable aveuglé par sa douleur extrême,

Sur toute la nature aura déteint lui-même

Et nommé le premier, en faussant chaque son,

Élégie et soupirs cette vive chanson !

Quelque poëte écho, pour embellir l'histoire,

Aura pris une rime au fond de l'écritoire,

Quand il aurait mieux fait, à son aise étendu

Sur les bords d'un ruisseau, au fond des bois perdu,

Aux rayons du soleil ou sous le clair de lune,

Oublieux du renom, de l'art, de la fortune,

De laisser son esprit aller à l'abandon

Avec l'ombre et le jour, les formes et le son ;

Et, trempant son idée en leur riche teinture,

De s'immortaliser au sein de la nature,

En sorte qu'en ses vers on la vît s'animer,

Et qu'exprimant sa grâce il se fît plus aimer !

Inutile conseil !... Jeunes gens, jeunes filles

(Fort poétiques tous), au théâtre, aux quadrilles,

Perdent les plus beaux ciels du printemps négligé ;

Mais il est de bon ton que leur cœur affligé,

Façonnant la nature à son propre modèle,

Change le rossignol en sombre Philomèle !

Mon ami, notre sœur, nous jugeons Dieu merci

D'un autre point de vue et ne pouvons ainsi,

Au gré de nos désirs ou de nos maladies,

De la création fausser les mélodies !

Oui, c'est le rossignol ! le rossignol joyeux

Qui presse, précipite, entasse dans les cieux

Les notes d'un gosier onctueux et flexible,

Comme s'il redoutait qu'il lui fût impossible

De délivrer son âme avant le point du jour

Du poids de sa musique et de tout son amour !

Et je connais un bois, près d'un castel austère,

Et que n'habite plus le grand propriétaire;

Le sol s'est recouvert de ronces, de taillis,

D'herbes, de liserons, de fleurs, un vrai fouillis!

A peine on entrevoit, sous les mousses menues,

Les plans défigurés des vieilles avenues;

Mais que de rossignols cachés dans chaque coin,

Sous le bois, le fourré; de près comme de loin

C'est un orchestre entier : des traits, des sérénades,

Des croisements de sons, des *tutti*, des roulades;

Puis un solo si pur, si doux, si radieux,

Qu'on croirait qu'il fait jour si l'on fermait les yeux!

Du bourgeon entr'ouvert quand la feuille timide

Pointe, sur les buissons baignés de lune humide,

Qu'ils sont gentils à voir, voletant près de vous,

Avec leurs yeux brillants, leurs yeux brillants et doux;

Tandis que dans la mousse un ver luisant qui rampe

Indique un rendez-vous en allumant sa lampe.

.⌡

Une fille charmante au toit hospitalier

Vit près de ce castel, à deux pas du hallier.

Par la belle nature.... ou son cœur attirée,

Elle aime à s'y glisser très-tard dans la soirée ;

Dans les sentiers moussus elle passe sans bruit,

Et sa robe de neige en éclaire la nuit.

Oh ! comme elle connaît la voix, le moindre trille

De tous les rossignols, cette charmante fille !

Ces silences pensifs, ces repos du concert

Suspendu par la nue où la lune se perd,

Et repris aussitôt qu'émergeant du mystère

Un baiser de rayons éveille ciel et terre !

Comme elle écoute alors, de tous les coins du bois

Ce chœur inexprimable éclatant à la fois,

Qui semble s'échapper de cent harpes cachées

Que de l'aile en fuyant la brise aurait touchées !

Sur le bout d'une branche elle a surpris souvent

Quelque maître chanteur insoucieux du vent,

Qui, réglant sa roulade au roulis de la tige,

Fou de joie et d'amour sifflait dans le vertige !

Adieu, doux gazouilleur ! jusques à demain soir ;

Et vous, mes bons amis ! au revoir ! au revoir...

Nous avons paressé sur ce pont romantique,

Et maintenant chez nous ! Encor cette musique ?

Magicienne, va ! Si mon petit garçon,

Incapable aujourd'hui d'articuler un son

Et qui n'a qu'une moue à sa lèvre verme'lle,

L'entendait, il mettrait la main à son oreille,

Le petit doigt levé d'un air impérieux,

Pour que nous écoutions l'oiseau mélodieux !

Vous le savez, amis, j'estime qu'il est sage

Que la nature ait part à son apprentissage ;

Je veux qu'il soit son fils, son fils comme le mien,

Et l'étoile du soir il la connaît très-bien !

Un jour le cher petit s'éveilla tout en larmes...

Quel mal intérieur cause donc les alarmes,

Les sombres visions des rêves d'un bambin ?

Je le pris en mes bras et courus au jardin...

La lune ! oh ! comme alors les cris s'interrompirent

Et les lèvres, soudain, silencieuses rirent !

Tandis qu'en ses yeux bleus, tout humides encor,

Chaque goutte de pleurs nageait comme un point d'or !

Pardonnez, mes amis, — c'est l'histoire d'un père.

Mais si le ciel permet que je vive, j'espère

Qu'il sera familier de ces fraîches chansons

Et que du rossignol il prendra les leçons,

Afin qu'à leur douceur son âme initiée

Conçoive avec la nuit la joie associée.

Une dernière fois, cher rossignol, bonsoir!

Une dernière fois, mes amis, au revoir!

A UN POETE

A UN POETE

A quoi bon ces apprêts, cette phrase fardée,
Et ces mots clair-obscur et ces tons éclatants,
Cette rime prodigue et d'adjectifs brodée,
Ces oripeaux dorés de tous les charlatans ?

Tout cela, mon ami, me fait perdre du temps.
Sans ce rhythme sautant du dactyle au spondée,

Ne peux-tu simplement me dire ton idée?

Ce ne sont pas des vers.... c'est elle que j'attends.

Mais au goût du public tu conformes ta muse.

La France est affaiblie et vieille, qu'on l'amuse !

La moindre émotion la tuerait bel et bien.

Il vaut mieux lui montrer quelques scènes bourgeoises,

La lanterne magique ou les ombres chinoises...

A peuple décrépit poëte comédien !

LE GLACIER DU GAULY

LE GLACIER DU GAULY

Je montai tout le jour. Soudain en un repli

J'aperçus à vingt pas le glacier du Gauly.

Trois monts, trois vieux géants à la pose farouche

En cercle autour de lui gardaient sa large couche,

Et le monstre y gisait aux pieds de ses aïeux,

Dans un manteau si blanc qu'il faisait mal aux yeux.

Le soleil s'éclipsait sous une pâle écume ;

Une fissure pourpre au milieu de la brume

Jetait sur le glacier un rayon rouge, un seul,

Comme un filet de sang tracé sur un linceul ;

C'était grand, solitaire et sinistre : la neige,

Le roc nu, la crevasse ouverte comme un piége !

Pas une herbe, une fleur, un brin d'herbe vivant,

Rien qu'un vaste chaos où mugissait le vent !

Comme pris de vertige en touchant à ces cimes,

Le terrain convulsif, brisé, coupé d'abîmes,

Accablé de débris, d'avalanches rayé,

Vers la nuit du vallon se hâtait effrayé.

J'étais avec les morts, visiteur solitaire,

A quelques mille pieds au-dessus de la terre.

J'espérais que l'air froid de ces âpres déserts

Glacerait dans mon cœur des souvenirs amers !

Car j'étais venu là, comme un ours des montagnes

Qu'un chasseur a blessé dans les basses campagnes,

Et qui, trahi de loin par son sang répandu,

S'il ne s'élève pas, sachant qu'il est perdu,

Se décide, et quittant les bois de la vallée,

Revient sombre et grondant sur la meute troublée,

L'ouvre, fuit et s'en va sur le plus haut rocher

Mordre le trait sanglant afin de l'arracher !

Je sentis, en effet, sous le vent pur et libre,

Mon esprit dévoyé reprendre l'équilibre ;

Ma douleur personnelle, à ce tableau puissant,

S'effaça par degrés, en se rapetissant.

Pour la première fois redevenu mon maître,

Je vis cet ennemi pâlir et disparaître,

Tandis que dans mon cœur se rallumaient soudain

La foi de l'avenir et l'amour du prochain...

J'étais sauvé !

   Merci, terre ! la grande aïeule !

Cette réaction je la dois à toi seule !

Sur ces bas-fonds glacés d'antiques océans,

Ces gigantesques monts sépulcres de géants,

Où dorment maintenant sous le poids des ténèbres,

Entassés l'un sur l'autre et par couches funèbres,

Chacun à part, chacun fièrement entouré

De ce qu'il a tordu, surpris ou dévoré,

Tels que des conquérants couchés sur leurs conquêtes,

Tes fils aînés, les feux, les volcans, les tempêtes,

Dans ce champ de bataille, à mi-chemin du ciel,

J'ai reçu la chaleur de ton sein maternel !

J'ai retrouvé ma loi, mon titre de famille

Et la tradition dont mon idée est fille.

Allons, c'est bien ! debout! au glacier du Gauly

J'ai respiré la force et j'ai gagné l'oubli.

Je veux, en descendant, jeter à quelque gouffre

La fleur des faux espoirs et le nom dont je souffre !

Revenir au vallon, l'œil viril, l'esprit franc,

Poëte d'un drapeau, remonter à mon rang!

Et crier : « En avant, révolutionnaires,

Les chagrins personnels sont tous stationnaires !

J'arrive de là haut, j'ai vu les procédés,

Les grands tombeaux de ceux qui nous ont précédés ;

La révolution les protége et les nomme,

En remuant le globe ils ont préparé l'homme !

Avec leur nom antique inscrit par l'ouragan,

J'ai lu sur leurs cercueils ce conseil de Titan :

« Guerre à l'autorité! Votre tâche est la nôtre,

« Chaque époque ne vient que pour féconder l'autre !

« Brisez, imitez-nous ! car à l'humanité

« Chaque convulsion donne une liberté !

« Jusques au fond du sol le mouvement tressaille,

« N'allez donc pas dormir sur ce champ de bataille,

« Et pour que l'avenir vous juge sans mépris,

« Tombez ainsi que nous sur de vastes débris ! »

OXIMANDIAS

OXIMANDIAS

A MON AMI HENRI DE POMMEREUIL.

(*Ozimandias*, de SHELLEY.)

Le voyageur me dit : J'ai vu dans le désert

Deux jambes de granit, sans buste, colossales,

Et près d'elles, de sable à demi recouvert,

Un visage en débris, aux rides magistrales.

Oh ! comme avec talent l'artiste avait ouvert

Les plis impériaux des lèvres sculpturales,

Dans le sourcil fouillé par son ciseau disert,

Buriné le *veto* des volontés royales !

Sur le socle on lisait : « Je suis Oximandias,

Roi des rois ! regardez mes œuvres, potentats,

Devant elles et moi votre orgueil doit se taire. »

Et puis rien ! rien ! autour du monarque tombé,

Un grand niveau stérile, immobile, plombé,

Sous l'infini des cieux s'enfuyait solitaire.

IDÉAL

IDÉAL

A MONSIEUR LOUIS RATISBONNE.

Dans ses rapides jours l'homme change ou dévie ;

Mais sous les incidents qui tourmentent sa vie,

Sous les brusques écarts de sa mobilité,

Entre les passions dont il est agité,

Les contradictions du cœur et de la tête,

Au sein de ce chaos, parmi cette tempête,

Un désir douloureux, unique, universel,

Dans l'être variable apparaît éternel !

L'impérieux besoin de franchir le soi-même,

De voir plus qu'on ne voit, d'aimer plus que l'on n'aime,

De se sentir le cœur à l'univers uni ,

Par l'aspiration vive de l'infini !

Cette ardeur d'au delà, dans l'homme, indélébile,

Des crimes, des vertus peut être le mobile ;

Pour calmer cette soif chacun part en courant,

L'un vers le ruisseau pur, l'autre vers le torrent.

Dans l'industrialisme et dans la poésie,

Dans le faux et le vrai, tous, avec frénésie,

Boivent, boivent toujours, et toujours embrasés

Gémissent près des flots sous la lèvre épuisés !

Lassés, mais non vaincus, ils reprennent leurs courses :

Ceux-ci vers les hauts lieux centres des grandes sources,

Vers la foi, la raison, l'amour du genre humain,

Montent, montent toujours et meurent en chemin !

Ceux-là, précipités vers les basses vallées,

Des plaisirs sensuels tentent les eaux troublées ;

Ils puisent à longs traits, plongés jusqu'au menton,

Dans un milieu mêlé de sang et de limon,

Impuissants à calmer le feu qui les dévore,

Ivres, hideux, bleuis, mais altérés encore !

Dans les sensations, les baisers ou le vin,

Sous la nature inerte ils cherchent le divin,

Le sentiment du vaste et de la plénitude !

Ils sondent la débauche avec inquiétude ;

La coupe est sans sommeil, ils y boivent l'ennui,

Un désir effréné qui les mène après lui.

Plus loin ! plus loin encor ! le malade se lève,

Poursuit en trébuchant les ombres de ce rêve,

7.

Les prend, les reconnaît, les maudit..., fait un pas,

Tombe, vers l'idéal tendant toujours les bras !

Malgré son œil hagard ou sa lèvre muette,

O sages qui montez ! cet homme est un poëte,

Un frère ! de Dieu même altéré comme vous ;

Vous cherchiez au-dessus, lui cherchait au-dessous !

Ne le méprisez pas, il a dans sa nature

Je ne sais quel instinct, quelle ardeur sans mesure,

Quel désir éternel sur son cœur agité,

De sentir comme vous à fond l'immensité !

Ivre du même amour, de la même espérance,

Peut-être il est tombé par trop d'exubérance...

Les rayons divergents partent d'un point central,

Le spasme du plaisir dégage l'idéal.

Des peuples disparus évoquez les fantômes,

Interrogez leurs dieux, leurs mœurs, leurs idiomes;

Des palais enfouis du monde souterrain,

Retirez le passé de granit ou d'airain,

Fouillez Persépolis, ses ruines énormes

Et ses inscriptions aux mots cunéiformes,

Et les flancs caverneux des monts égyptiens

Où le temps a rangé les vrais historiens;

Tous les Herculanum, toutes les nécropoles,

Vous retrouvez toujours des signes, des symboles

Dégagés du linceul qu'a déchiré Niebuhr!

Sur la brique et sur l'or, la momie et le mur,

Partout des fictions et des hiéroglyphes!

Des images de dieux, de géants, de pontifes

Ou de sphinx combattant l'OEdipe curieux,

Partout le gigantesque et le mystérieux!

Pénétrez sous la lettre et sous le phénomène,

Et vous aurez le mot de la nature humaine,

Et vous reconnaîtrez que, de loin ou de près,

Les peuples ne sont qu'un par l'amour du progrès,

La soif de l'inconnu que rien no rassasie,

L'instinct de l'idéal et de la poésie !

Gardez donc l'idéal, ô peuples d'aujourd'hui,

C'est votre séve à vous ! vous vieillissez sans lui ;

Ouvrez à vos regards un horizon plus ample !

Ne vous endormez pas sur les marches du temple,

Laissez avec dédain les docteurs courroucés

Discuter sur la poudre où les dieux sont passés ;

Si le pas fut divin et la trace profonde,

Ce n'est plus qu'une date en l'histoire du monde,

Un éloquent débris qui montre au genre humain

Qu'hier il a marché, qu'il doit marcher demain !

Ne vous oubliez pas couchés sur vos conquêtes,

Soyez des destructeurs et soyez des prophètes ,

Toujours aiguillonnés et toujours mécontents

De l'étroite prison de la forme et du temps !

Plus forts de vos progrès, plus fiers de vos désastres,

Suivez la grande loi qui fait monter les astres

Vers un centre idéal qu'ils n'atteindront jamais !

La vie est un sommet d'où l'on voit des sommets ;

Vivez et regardez, et marchez aux montagnes !

Car tout peuple amolli dans ses grasses campagnes,

Oisif près de l'engin chargé de le nourrir,

Tout peuple satisfait est bien près de mourir !

A UN VIEUX SCULPTEUR

A UN VIEUX SCULPTEUR

Malgré moi, lorsque je travaille,

O grand sculpteur des anciens jours !

Je regarde sur la muraille

Ton christ encadré de velours.

Le Christ est blanc, la croix est noire ;

La tête penche de côté :

On sent à l'âme de l'ivoire

Qu'un profond amour l'a sculpté.

C'est un type espagnol. La tempe

Se développe avec ampleur,

La chevelure souffre et rampe

Sur le cou gonflé de douleur !

L'agonie étreint la poitrine,

Le buste déjeté se tord,

L'air va manquer à la narine

Qui se dilate avec effort.

Les bras sont tendus, les mains froides,

Les doigts crispés horriblement,

On voit trembler dans ses pieds roides

La crampe du dernier moment.

L'œil droit est glacé. La paupière,

Voile funèbre, l'enfouit ;

Dans une vitreuse lumière,

L'autre nage et s'évanouit.

Le tour de sa bouche glacée

D'un sang écumeux est terni,

La lèvre crie en ma pensée :

Eli, lamma sabactani !

Vu de près, chaque trait témoigne

Des douleurs du crucifîment,

De la mort; mais dès qu'on s'éloigne,

Tout change par enchantement!

O mon vieux sculpteur, il me semble

Que tu comprenais Jésus-Christ;

De près, c'est l'homme, il meurt...; d'ensemble,

C'est un Dieu qui naît et sourit.

LA BRANCHE DE BRUYÈRE

LA BRANCHE DE BRUYERE

Un soir d'été, — la lune au fond d'une clairière.

Il mit dans ses cheveux la branche de bruyère,

Et je l'entendis bien lui dire à demi-voix :

« Quand je serai parti, regardez-la parfois. »

La femme avait vingt ans ; une peau blanche et mate,

Un col ployant, serré d'un ruban écarlate,

Une robe de neige à longs plis ; et des yeux

Baignés de clair obscur, et pourtant radieux !

Cette ingénuité que la grâce environne

Régnait et souriait dans toute sa personne ;

Ses sourcils étaient fins, ses cheveux noirs bouclés,

Et son pied invisible et ses doigts effilés;

On eût dit, à la voir si légère et si frêle,

Que l'air l'enlèverait rien qu'à souffler sur elle !

Lui, c'était un poëte. Il venait de Paris,

Respirer dans les champs l'odeur des mois fleuris,

Retremper son esprit détendu par les veilles,

Et goûter les oiseaux, la feuille et les abeilles.

C'était un vrai poëte : un front préoccupé,

Un profil vigoureux finement découpé,

Ce regard pénétrant qui révèle l'artiste,

Tout indiquait en lui le puissant fantaisiste,

L'homme d'impression, le rapsode inspiré,

Nerveux, visionnaire... et mal équilibré :

L'imagination en lui semblait trop forte.

Tels ils étaient tous deux. Et moi?... Que vous importe !

Ils allaient donc ainsi le long de la forêt,

De ce pas suspendu, vague mais non distrait,

Et qui, docile au cœur, se contient ou s'allonge,

Comme s'il attendait, ou suivait quelque songe.

Je marchais derrière eux, à l'écart ; et souvent

Quelques mots m'arrivaient, dérobés par le vent :

Oh ! comme ils résonnaient éclatants dans mon âme,

Comme je frissonnais, l'œil et la joue en flamme !

Je cherchais, je sentais un poignard sous ma main...

Puis, je baissais la tête et suivais mon chemin.

Il avait dans la voix ce tremblement, ce charme,

Ce battement captif, qui séduit ou désarme,

8

Cet accent comprimé, voilé, dont la pudeur

De l'amour entrevu double la profondeur,

Tel un pâle rayon agrandit une voûte :

Et la femme écoutait... comme la femme écoute,

Lorsque le mot qui peint, jusqu'au cœur arrivé,

Donne un contour vivant à ce qu'elle a rêvé,

Que le type enfermé dans l'ombre de son âme

S'en échappe et revient avec des yeux de flamme,

Avec la passion et la réalité,

Et lui parle tout bas dans une nuit d'été !

Elle aimait ce poëte... en était-elle aimée ?

J'avais étudié cette tête animée,

Cet homme enthousiaste, et j'avais reconnu

L'esprit large et profond et le cœur ingénu,

Ardent comme le feu... mais comme lui mobile ;

Sincère, dévoué, mais à l'oubli facile ;

Par les impressions se laissant envahir,

Ce qu'il aimait le mieux, il pouvait le trahir,

Entraîné qu'il était par sa nature même

Vers tout objet nouveau, femme, fleur, ou problème ;

Sans doute au non-repos Dieu l'avait condamné !

Mais que ne marque-t-il le poëte effréné

D'un signe étincelant et sûr, et qui révèle

Qu'il est de droit divin ici-bas infidèle ?

La fleur résiste au fleuve amoureux, — et fait bien !

Elle sourit du bord au flot bohémien,

Elle lui jette à peine une feuille légère,

Et respire de loin sa fraîcheur passagère.

Mais la femme n'a pas de ces instincts sauveurs !

Un grand front lumineux, des yeux fiers ou rêveurs,

Un mot sorti soudain d'une impression vive,

Une simple romance..., et la voilà captive,

Et la voilà qui sait..., qui voit! qui croit tenir

Dans un fragile nœud son bonheur à venir,

Jusqu'à ce qu'un hasard, un rien, la fantaisie,

Enlevant le poëte avec la poésie,

Elle demeure seule à sangloter en vain,

Sur le masque que l'homme a laissé dans sa main!

C'était là ma terreur!... J'avais, dès son aurore,

Surveillé cet amour pour l'empêcher d'éclore.

Je luttai résolu! mais j'avais contre moi

L'imagination, l'irrésistible foi,

Un vaste paysage éclairé de rivières,

Des forêts, des rochers ; sur de pâles bruyères,

Des groupes de pins noirs animés par les vents,

Des débris de châteaux, de tours, de vieux couvents,

Semés par le passé sur le flanc des montagnes ;

La mer lointaine au fond, faisant suite aux campagnes ;

Par-dessus tout cela, ce vague qui séduit,

Ce ciel voilé le jour, étincelant la nuit,

Avec son azur noir..., ses fantasmagories

De clair de lune, d'ombre aux larges draperies,

Propices à l'amour, fatales au bon sens !...

Comment paralyser ces ennemis puissants ?

Arracher l'idéal de sa jeune pensée,

Sans qu'à jamais au fond elle en restât blessée ?

Un soir, enveloppant un conseil dans un mot,

J'essayai... mais, hélas ! je m'arrêtai bientôt,

J'avais vu dans la nuit trembler la lave ardente !

Et s'il était tombé de ma main imprudente

8.

La moindre goutte d'eau sur cette passion,

Sa lave esclave encore et toute en fusion,

Se soulevant soudain sous le feu qui l'embrase,

A ce contact trop froid aurait brisé le vase !

Je me contentai donc d'observer le vainqueur,

Et, tout en lui cédant l'idéal et le cœur,

Jusqu'au jour du départ, défenseur de la femme,

J'avais sauvé le corps... en abandonnant l'âme !

J'espérais, me disant : Demain il partira !

Et je le connais trop cet homme ! il oubliera !

Mais elle? eh bien ! témoin de sa première larme,

Aidé du temps ami, je détruirai le charme !

Sur la branche l'oiseau n'a fait que se poser,

Le souvenir s'efface où manque le baiser !

Faux calcul que le mien !... mais à quoi bon décrire,

Ce *chemin de la croix* de la jeune martyre,

Ce drame douloureux du cœur abandonné,

Qu'on a souvent dépeint, plus souvent profané ?

A quoi bon ranimer, sous ma plume fiévreuse,

Cette joue empourprée et cette tempe creuse,

Et cet œil fixe et sec qui ne voit rien... hormis

Quelqu'un qui ne tient pas ce qu'il avait promis !

La mort lente..., entourant son œuvre de mystère,

Sourde, comme un mineur qui marche sous la terre,

Et cherche à dérober, en ouvrant leur tombeau,

Aux ennemis trompés le bruit de son marteau !

Et moi ! moi ! j'étais là, devant cette agonie,

Sans résignation, sans espoir, sans génie,

Par des cris insensés pleins de mon cœur amer,

Demandant aux forêts, aux landes, à la mer,

Une incantation, un signe, un sortilége,

Pour chasser le démon qui l'avait prise au piége,

Pour infilter la vie avec l'oubli secret

Dans cette fixité sinistre du regret !

Que de fois, au jardin, j'ai, devançant l'aurore,

Déployé le bouton qu'avril faisait éclore,

Cherché dans les trésors de son sein virginal

Une inspiration contre l'amour fatal !

Que de fois, par mes soins ses corbeilles pourvues

Se parfumaient, l'hiver, de roses imprévues ;

Hélas ! avec mes fleurs que pouvais-je obtenir ?...

Pâle, elle y respirait l'odeur du souvenir.

Et la mort avançait... Dans la vieille chapelle,

Moi, qui ne priais pas..., j'allais prier pour elle !

Je demandais au ciel que, d'un rayon vainqueur,

Il consumât le nom qui pesait sur ce cœur ;

Au prêtre, ses conseils, cette tendre parole,

Qui fait pleurer à chaudes larmes et console,

Vous inspire un amour qui ne dit plus adieu,

Et vous croise les mains humblement devant Dieu !

Mais la sainte parole en vain fut prononcée,

Le regard resta fixe ainsi que la pensée.

Inutile ! inutile ! inutile toujours !...

Et j'attendis muet le dernier de ses jours.

Les vents sifflaient... c'était un soir, — le vingt novembre.

Assis près de son lit, j'étais seul dans sa chambre,

Et je la regardais mourir ! elle mourait

Lucide et doucement, comme on meurt d'un regret.

L'heure, l'heure approchait, car j'entendais le râle ;

Elle allongea soudain sa petite main pâle,

Prit un papier soyeux regardé fixement,

Le toucha de sa lèvre et l'ouvrit lentement;

Une fleur en sortit... la fleur de la clairière,

La fleur de son passé, la branche de bruyère,

Aussi fraîche qu'au jour où, dans le bois profond,

Le poëte oublieux l'avait mise à son front !

Mystère de la femme et de sa destinée !

La mort avait germé dans cette fleur donnée,

Et l'ange en s'envolant y posait en retour,

Un baiser de pardon et peut-être d'amour !

. . . .

Et moi, je respectai cet entretien suprême,

Baissant le front, caché dans l'ombre de moi-même...

Et quand je relevai les yeux avec effort,

Je vis la fleur tombant, — un sourire — et la mort !

CHANSON BOHÉMIENNE

CHANSON BOHEMIENNE

Tantôt ici, tantôt là-bas,

Courant des plaines aux montagnes,

Nous allons semant sur nos pas

Le nouveau grain dans les campagnes.

9

A droite, à gauche nous errons,

Ouvriers, savants et poëtes,

Livrant au soleil nos vieux fronts,

A l'orage nos blondes têtes.

A peine avons-nous endormi

La mère et l'enfant côte à côte...

« Debout! je crains votre ennemi!

Allez plus loin! » nous dit notre hôte.

Et nous partons... sur d'autres bords

Portant notre tente légère,

Laissant derrière nous nos morts

Recouverts de terre étrangère.

Dieu disperse toujours les siens

Pour que plus loin la grâce abonde !

L'exil nous fait bohémiens,

Afin d'ensemencer le monde.

La foi féconde les douleurs ;

Les martyrs sont les vrais apôtres,

Mieux vaut le travail dans les pleurs

Que votre sommeil à vous autres !

Un jour, lorsqu'il aura mûri,

Ce blé semé dans les épreuves,

Sur le promontoire assombri,

Le long des bois, aux bords des fleuves,

Partout où l'exil nous chassa,

Sous les bananiers, dans la neige,

De l'Angleterre à Lambessa,

De l'Italie à la Norwége ;

Si le voyageur aperçoit

Un tertre sans nom et sans pierre...

Eh bien ! qu'il creuse en cet endroit

Et qu'il regarde dans la bière !

Femme, vieillard ou jouvenceau,

C'est un des nôtres qu'elle enferme,

Si l'hôte y dort dans le drapeau

Qu'il a tenu d'une main ferme !

LE GOUFFRE

LE GOUFFRE

Si l'homme comptait bien dans ses heures heureuses,

Qu'une heure contiendrait de minutes affreuses !

Entre un malheur prochain, un malheur accompli,

Tout le triste bonheur de l'homme est dans l'oubli !

Il ne peut oublier ! et par une loi sombre,

Dès qu'il perd ce qu'il aime, il en conserve l'ombre !

Que faire ? se jeter dans la foule et le bruit ?

Mais, s'il est noble et bon, le passé l'y poursuit !

Tenter vers l'avenir quelque nouvelle voie ?

Soit. Le spectre, en effet, abandonne sa proie,

L'homme est libre...; il s'élance, il court; dans le lointain

Il voit déjà blanchir un contour incertain...

C'est l'avenir, courage !... Il appelle ses frères ;

Mais chacun, comme lui, marchant en sens contraires,

Lui fait signe à son tour qu'il s'égare... et qu'il doit

Tourner vers d'autres points qu'il lui montre du doigt.

Eh bien, il ira seul !... il s'efforce..., il arrive...

La nuit vient, le sol manque, il atteint une rive,

Il se penche ! un abîme entre son but et lui !

Que faire ? le vent souffle et l'espérance a fui !

Il n'a, pour traverser le gouffre et la rafale,

Qu'une planche pourrie et qu'une lampe pâle ;

D'un côté le passé, de l'autre le futur.

Quand il est au milieu du précipice obscur,

Battu par l'ouragan, sur la frêle volige,

L'homme effrayé s'arrête entre un double vertige,

Et, tremblant sur ce fil suspendu dans les cieux,

Tombe ou ne marche plus qu'en se fermant les yeux !

9.

LE JARDIN

LE JARDIN

Il est à Saint-Michel un tout petit jardin :

Un vert filet de buis borde ses quatre allées,

Longues de quelques pieds, de coquilles sablées,

Sous quatre murs, dont l'un est brodé de raisin.

Au centre un laurier-rose, à la porte un jasmin,

Au-dessus des rochers, des flèches dentelées ;

Avec toutes ses fleurs, ses lignes étoilées,

Le parterre tiendrait dans le creux de la main.

Vous l'aimiez..., et pourtant sous les tours, les guérites,

A peine ses œillets, ses reines-marguerites

Boivent-ils un rayon de soleil en été.

Avec les vieux donjons, la marée et les grèves,

Ah ! puisse-t-il longtemps apparaître en vos rêves,

Myosotis des mers à Paris transplanté !

DEVANT UNE PORTE OUVERTE

DEVANT UNE PORTE OUVERTE

En passant l'autre jour sur ta pelouse verte,

Au coucher du soleil j'ai vu ta porte ouverte,

Grande ouverte au milieu de ce treillis coquet,

Où l'adroit liseron grimpe sur le muguet

Et, caché dans les plis d'une vigne opulente,

Pour jouer avec lui penche sa fleur tremblante,

Ou, courant en réseaux le long du vieux sarment,

A quelques boutons d'or donne un baiser d'amant.

Ami, cela m'a fait songer à bien des choses :

A tes enfants, d'abord, aussi frais que tes roses,

A leur mère à l'œil calme, au grand front éclairé

Des reflets de son cœur à vous seuls consacré,

Distinguée et naïve en sa grâce touchante,

Dont le silence parle et la parole chante !

A toi, le jeune chef de la jeune maison,

Si facile de cœur, si ferme de raison,

Qui travaille lui-même au pain de la famille,

Et, déposant le soir la bêche ou la faucille,

Salué de bien loin par des cris triomphants,

Embrasse avec plaisir sa femme et ses enfants.

Je songeais à vous tous, mes amis; ta demeure

Semblait manifester sa joie intérieure,

De l'homme et du foyer mystérieux accords !

Je voyais malgré moi je ne sais quels rapports

Entre ces nœuds de fleurs et les bras de ta femme;

Leurs suaves parfums s'exhalaient de son âme,

Tandis que les lueurs qui dansaient aux vitraux

Me montraient tes enfants riant sous les carreaux.

Te l'avouerai-je? seule en ce tableau rustique,

Ta porte ouverte, ami, m'attrista ; je m'explique.

Non que réellement son cintre gracieux,

Plein d'ombre et relevé par des points radieux,

Détachant en reliof la muraille fleurie,

Ne s'épanouit bien parmi sa broderie;

Mais ce seuil imprudent, facile aux pieds maudits,

Qui rôdent à touto heure autour des paradis,

Reportant mes pensers sur la morale même,

Me fit trembler pour ceux que j'estime et que j'aime;

J'ai voulu t'en écrire en rentrant à Paris,

Et j'en frissonne encore au moment où j'écris.

L'as-tu donc oublié? le pouvoir et l'Eglise

N'ont jamais eu qu'un but; quelque fût leur devise,

Absorber dans leur sein toute vitalité,

Retirer à chacun sa spontanéité;

A l'esprit d'examen subroger la doctrine,

Régler les battements du cœur dans la poitrine,

Fondre dans un foyer, soit le prêtre ou le roi,

Les rayons divergents qui s'échappent du moi ;

Créer le communisme en dénaturant l'homme,

N'avoir qu'un grand levier nommé César ou Rome,

Dont la vibration, par de secrets ressorts,

Ferait à temps marqué fonctionner... des morts !

L'histoire a démontré cette double tendance !

Partout l'autorité, partout la Providence,

Suivant l'occasion, le cachant plus ou moins,

De leur but communiste ont laissé des témoins !

Prisons d'Etat, veto, dogmes, bûchers funèbres,

Foudres saintes, édits, régime de ténèbres,

Police, inquisiteurs, massacres, mont Cassin,

De ces envahisseurs trahissent le dessein !

Qui donc a combattu pour la libre pensée ?

Qui donc, jusqu'à présent, sentinelle avancée,

Sur nos droits assiégés veillant matin et soir,

Au large a repoussé l'Eglise et le pouvoir ?...

L'homme multiplié par la nature même !

L'homme se respectant dans les êtres qu'il aime,

Puisant dans le foyer dont il est le lien,

Au fond de tous ces cœurs qui battent sur le sien,

Avec le sentiment de son propre génie,

L'horreur du communisme et de la tyrannie,

Et le conseil de mettre entre eux et sa maison

Quelquefois son épée et toujours sa raison !

A leur double influence, ami, ferme ta porte,

Abrite ton foyer dans une place forte ;

Les chemins sont peu sûrs ! pour piller ton trésor,

Que de bandits masqués te surveillent encor ;

Car les temps sont venus des digues débordées,

Car sous la pression du vice et des idées,

La société s'ouvre et chancelle, et voici

Que chacun par la loi se trouve rétréci.

L'industrie en progrès, l'idéal en nos livres,

Tout en les élevant, rendent les hommes ivres ;

A quoi bon respecter ce que l'on peut saisir,

Puisqu'en fait d'idéal le droit c'est le désir ?...

Alors la passion, qui ne sent pas sur elle

Le joug des vieilles lois ni de la loi nouvelle,

Se déguise, s'échappe, et, par le seuil ouvert,

Se glisse en la maison, y manœuvre et la perd !

Repousse sans pitié du toit de la famille

Tous les bohémiens dont le siècle fourmille,

Les recruteurs d'autel, les sages prétendus,

Les routiers des partis et leurs enfants perdus !

Ah ! dehors tout cela ! dehors les mystagogues,

Et les sauveurs du monde et les idéologues,

Dont le discours verbeux, de savoir hérissé,

En parlant d'avenir a le son du passé !

Verrouille donc ta porte et garde la muraille !

Laisse-les se livrer leur dernière bataille,

Le commerce fiévreux inonder les marchés

De perfides produits pleins de poisons cachés ;

Laisse, pour en finir, la misère aux yeux ternes,

Le terrible railleur, le sphinx des temps modernes,

Proposer son énigme aux pâles écrivains

Et dévorer le peuple en riant des devins !

Qu'une société se transforme ou s'écroule,

Une société n'est, après tout, qu'un moule

Que brise le métal qu'il ne peut contenir ;

La tente où le présent s'arme pour l'avenir !

Une méthode, un nom, une simple formule,

Un horizon d'un jour où notre esprit circule,

Le contour de la vie et non la vie au fond.

L'homme doit en sortir pas à pas ou d'un bond;

C'est un progrès! pourvu que de la ville en flamme

Il emporte avec lui ses enfants et sa femme;

Sur l'écume des flots, les sables de l'exil,

Il peut errer sans peur quelque soit le péril,

L'esprit des temps futurs protégera cet homme;

Il sera tôt ou tard fondateur d'une Rome,

Et prenant dans son cœur le rayon du foyer,

Sur son peuple nouveau le fera flamboyer!

Gardons cette étincelle au milieu de la cendre :

Notre maison, voilà ce qu'il reste à défendre!

C'est sous cet humble toit, derrière ce vieux mur,

Près des enfants naïfs, des mères au front pur,

Que contre les tyrans, sans parler, sans écrire,

Dans le cœur paternel la Liberté conspire !

Là, dans la solitude aimante du *chez nous,*

Ceux qui doivent marcher, bercés sur nos genoux,

Reçoivent, en jouant, la semence propice;

La femme dit l'amour, et l'homme la justice.

Défends donc de l'intrus fanatique ou railleur

L'isolement sacré de ton intérieur!

Tu le peux aisément, caché sous le feuillage :

Ici, dans ce Paris, l'âtre est mis au pillage ;

Les vices, les partis, l'ennui, la passion,

Sous des masques divers y font irruption;

Dans ces plâtras que l'art décore de merveilles,

La police a partout des yeux et des oreilles,

La maison appartient en propre aux fournisseurs,

Aux banquiers, aux laquais, au monde, aux confesseurs,

Les époux, attachés par un lien sans charmes,

S'y partagent le pain, non le rire et les larmes !

Le mari lit Malthus, la femme des romans;

L'un trompe sa maîtresse et l'autre ses amants.

Les enfants... j'ai vu, moi, sous le feu des bougies

Des bambins de sept ans user leurs énergies,

Maigres et gracieux, circuler à minuit

Parmi les fleurs, les chants, les parfums et le bruit,

Ecouter, empourprés des roses de la fièvre,

Tous ces propos malsains qui passaient sur la lèvre...

Le monde les tuait, et leur mère était là !

Et le bal radieux dansait sur tout cela !

Paris n'a pas d'enfants dans le siècle où nous sommes;

Femmes des paysans, faites-nous donc des hommes !

Pères, cachez longtemps dans votre saint amour

La mère et les petits aux discoureurs du jour;

Ils parlent de l'autel et non point de croyance,

Ils parlent d'industrie et sont sans conscience !

Ils parlent de progrès et n'ont point d'idéal !

Barricadez contre eux le seuil familial,

De peur qu'en la maison leur souffle ne pénètre :

Tant que l'enfant grandit, fermez porte et fenêtre !

Car c'est du foyer seul, du foyer respecté,

Qu'à l'appel de l'honneur et de la vérité

Doit sortir en armée une race brillante,

Esprit juste et profond, cœur simple, main vaillante,

Qui, fondant l'unité, donnera pour soutien

La liberté de l'homme aux droits du citoyen !

CONSOLATION

CONSOLATION

A MADEMOISELLE LOUISE ROMER.

N'as-tu pas quelquefois devant la pleine mer

Ressenti tout à coup je ne sais quoi d'amer?

N'as-tu pas, en songeant à la grandeur du monde,

Brusquement aperçu sa tristesse profonde,

Implacable ! Toujours vagues, terres et ciel,

Toujours le même pas dans un cercle éternel !

L'automne et le printemps au souffle de l'année,

Avec la fleur, le fruit ou la feuille fanée,

Sur la face du sol descendent tour à tour ;

Les ombres de la nuit et les rayons du jour

Tremblent au front des cieux ; le vent sur les rivages

Endort les flots séduits, brise les flots sauvages,

Mais au fond rien ne change : été, printemps, hiver,

Toujours le ciel, toujours le sol, toujours la mer !

Ce monde visible est le symbole de l'âme ;

Aux passions aussi sa surface s'enflamme,

Ou du choc imprévu des sentiments entre eux

Reçoit un contre-coup propice ou douloureux.

Mais qu'est-ce qu'une larme et qu'est-ce qu'un sourire ?...

A peu de profondeur l'impression expire,

Le fond reste le même, impassible, et l'oubli

De tous ces incidents couvre bientôt le pli.

L'amour seul un moment trouble cet équilibre :

Il vient, et l'être entier frémit dans chaque fibre ;

Il parle, et tout se lève et bouillonne en avant,

Comme un lac éveillé par un seul coup de vent !

Il retourne, d'un mot, les maximes du sage,

Il change les devoirs, l'idée et le visage ;

Il a de ces vertus terribles, de ces droits

Qui vous font palpiter et pâlir à la fois !

Il est maître du cœur et du ciel ! il déplace

Les étoiles d'un souffle et dévore l'espace ;

Il est justifié parce qu'il est ! le sort

S'incline sous son geste, il anime la mort ;

Il joue avec l'éclair qui peut le mettre en poudre,

Et respire une rose aux lueurs de la foudre !

S'il durait sans faiblir et sans nous consumer,

Pour changer toute chose il suffirait d'aimer !

Dis-moi, sous un baiser pourquoi ta lèvre tremble ;

Pourquoi, près de la coupe où vous buvez ensemble,

Lorsque deux bras ardents, en liens enflammés,

Sur le bonheur et toi sont tendrement fermés, ||

Quelque part de ton cœur est toujours solitaire !

Être immortel, hélas ! c'est que tu sens la terre !

Ah ! regarde plus haut ! et vois étinceler,

Dans l'ombre de la mort, la mer qui doit combler

Ce fond de l'âme humaine, impénétrable, avide,

Cet abîme divin ici-bas toujours vide !

DESIDERATA

DESIDERATA

A MON ONCLE GUILLART DE KERSAUSIE.

Oui ! l'espace et le temps sont vaincus. La nature

A l'homme qui l'enchaîne ou qui la transfigure

Résigne son pouvoir !

L'enfant audacieux, jadis guidé par elle,

Qui pliait au matin sous sa main maternelle,

S'en rend maître le soir.

A chaque pas du temps, l'intelligence humaine

Ouvre, en l'illuminant, la nuit du phénomène,

Saisit plus de rapports ;

Et, prenant sur le fait les forces de la vie,

Ravit à la matière, à son joug asservie,

Des lois et des trésors !

L'homme sur ses vaisseaux franchit en droite ligne,

Insoucieux des vents, l'Océan qui s'indigne

Et se soulève en vain !

Ou violant le sol, de ses tombes énormes

Il rapporte au soleil les rois, les dieux, les formes

    Du passé souterrain !

Il explique le sphinx et la pierre thébaine ;

Il dévoile à demi l'Afrique au sein d'ébène,

    Sous l'œil de ses lions;

L'aveugle destin voit par son expérience ;

Il groupe dans les cieux, autour de sa science,

    Les constellations !

De la base au sommet, il refait pièce à pièce

Le vieux monde englouti, le genre avec l'espèce,

    La plante et l'animal ;

Sur les lits étagés où dorment leurs ruines,

Il retrace les temps, les noms, les origines,

　　D'un doigt monumental !

L'air est son ouvrier, la flamme son ministre...

Mais de tous ces progrès, ô contre-poids sinistre

　　Plus son pouvoir grandit,

Plus l'or s'épanche à flots du sein de l'industrie,

Et plus, dans sa valeur, l'âme, l'âme amoindrie,

　　S'abaisse ou s'engourdit !

Comme nous sommes froids pour les plus saintes causes !

On dirait que la vie a passé dans les choses,

　　Que notre cœur est mort !

Ou bien que, s'échappant de nos faibles poitrines,

Il s'est réfugié d'un bond dans les machines

    Et leur sert de ressort !

Tout descend et tout perd la couleur et la fibre !

L'héroïque idéal n'est plus dans l'amour libre,

    Le mariage ment !

Nous changeons nos drapeaux, nos amis, nos maîtresses,

Et notre honneur habile apprivoise aux caresses

    Le farouche serment !

Tout est falsifié du haut en bas ! Le maître

Boit dans sa coupe d'or un vin pompeux et traître

    Qui le rend plus méchant ;

La vie à bon marché, dont notre époque est fière,

Est l'empoisonnement de la classe ouvrière

    Au profit du marchand !

Quelle corruption sous notre hypocrisie !

Et quel affaissement ! le vice a la phthisie

    Comme l'honnêteté !

Le rire des enfants devient l'ennui des mères...

Et nos printemps n'ont plus de roses, de chimères

    Et de naïveté.

Armide ne vit plus sous l'écorce de l'arbre !

La peinture est de chair ; la sculpture, de marbre ;

    La musique, de bruit !

La plastique de l'art pour être fécondée

N'a pas une croyance, un amour, une idée ;...

    Le doute a tout détruit !

Sur la ligne du temps montrèz-moi vos prophètes !

Rien ! rien ! des ciseleurs, des faiseurs, des poëtes

    Au rhythme glacial !

De faux Anacréons et des dupeurs d'oreilles

Qui, sans but et sans plan, font des phrases pareilles

    Au chaos social !

Puis un tas de savants, tous plus ou moins célèbres,

Dont la science opaque épaissit nos ténèbres

    Et produit ces parleurs

                        11.

Qui, lorsque sous la mort la société râle,

Lui disent : « O ma belle ! » et ceignent son front pâle

    De vénéneuses fleurs !

Or, puisque nous avons contre de telles misères

Essayé tant de dieux, porté tant de rosaires,

    Elevé tant de croix !

Puisque le sang versé pour racheter le monde

Semble, diminuant quand la malice abonde,

    Figé dans nos cœurs froids !

Que le prêtre, évoquant l'alliance jurée,

Boit vainement ce sang dans la coupe sacrée,

    Ne serait-il pas temps

Que l'homme, usant enfin de sa propre énergie,

Pour remède à ses maux abdiquât la magie,

Les Christs et les Satans !

Que mettant sous ses pieds toutes les théories

De chute, de salut, d'église, ces scories

De son antique foi,

Il se dise : Après tout, chacun son héritage !

Si le ciel est à Dieu, qu'il garde son partage !

Cette terre est à moi !

Que déposant le casque, et le sceptre, et la mitre,

Fort de sa conscience et de son franc arbitre

Respectés dans autrui,

Par les droits balancés il créât l'équilibre !

Que la société naquît de l'homme libre

    Et gravitât sur lui !

Que le ferme bon sens des sciences exactes,

Qui le premier, brisant nos ténèbres compactes

    Nous montra le chemin,

Et qui traîne, enchaînés à son waggon rapide,

L'espace avec le temps..., et sur l'aile d'Euclide

    Nous portera demain,

Evoqué dans les mœurs et la philosophie,

De tout ce qui les fausse et qui les atrophie

    Les purgeât pour jamais !

Refoulât l'absolu dans sa profondeur même ;

Que la solution ainsi que le problème

　　　Lui revint désormais !

Alors, sans doute, alors affranchis de nos fables,

Nous sentant à la fois libres et responsables,

　　　Le cœur nous renaîtrait !

Et réglant l'industrie au pas de la morale,

De siècle en siècle alors, dans sa double spirale,

　　　Le progrès monterait !

Alors, foulant aux pieds la vieille Babylone,

Fille et mère des droits rassemblés dans sa zone,

　　　A son niveau soumis,

Découvrant un rapport aux intérêts contraires,

La justice ferait un seul peuple de frères

Des peuples ennemis !

AU COIN DU FEU

AU COIN DU FEU

A MADAME H. DU PONTAVICE DE HEUSSEY.

Oui! c'était une larme, et je la vis descendre
De ses yeux à sa joue et tomber sur la cendre.

Alors, m'autorisant de ma vieille amitié,

D'un ton respectueux, mais ému de pitié,

Je lui dis à voix basse en tisonnant la flamme :

« Oh! cette larme-là, je la connais, madame,

Elle coule à toute heure..., elle coule... et voici

Longtemps que dans la cendre elle se perd ainsi !

Larme de la captive ou de la délaissée !

Avant et depuis vous que d'autres l'ont versée,

Et goutte à goutte ainsi derrière le rideau

Ont usé l'espérance et creusé leur tombeau !

Laissez sortir du cœur ce flot qui le surmonte

Et pleurez fièrement ; c'est à nous d'avoir honte !

Comme le meurtrier accusé par le sang,

C'est à nous de pâlir, nous, le sexe puissant.

Oui, meurtriers ! geôliers ! voilà ce que nous sommes,

Nous, les civilisés, les docteurs, les grands hommes,

Dont les profonds écrits, des bases jusqu'aux toits,

Chargent tant de palais qui craquent sous le poids ;

Nous qui savons classer dans nos larges méthodes

L'amas prodigieux des êtres et des modes,

Créer sous nos compas un monde industriel,

Mesurer et nommer les astres dans le ciel,

Ranger, étiquetés dans un vaste systènie,

Les peuples, le passé, la nature elle-même ;

Nous n'avons pas trouvé, hormis à nos genoux,

Dans l'état social une place pour vous !

Devant son propre amour l'homme a tremblé peut-être !

Il a craint votre cœur, faute de le connaître ;

Dans son ardente étreinte il n'a vu qu'un lien,

L'indice d'un pouvoir supérieur au sien,

Impétueux, charmant, plein de métamorphoses,

Soutenu par le beau, l'idéal et les roses,

Et qu'il fallait briser sous un effort brutal

Pour éviter un maître ou du moins un égal !

Et voilà six mille ans que vous êtes esclaves,

Et voilà six mille ans que malgré vos entraves

Il sort de votre cœur et de votre beauté

Un si grand flot d'amour et de vitalité,

Que l'homme à plein gosier y boit toujours la vie !

Et que du seul baiser de la femme asservie

De son pas, de son souffle, hélas ! et de ses pleurs,

Jaillit la poésie avec toutes ses fleurs ! »

Elle m'interrompit. « Vous vous trompez, dit-elle,

Et cette larme-là n'était pas personnelle.

Nous ne sommes pas seuls, regardez. — Je suivis

Ses yeux, et dans le coin de la chambre je vis

Une chose charmante, impossible à décrire...

Une tête d'enfant qui n'était qu'un sourire,

Lèvres rouges, nez droit, longs yeux noirs, encadrés

Dans un vrai tourbillon de cheveux blonds cendrés.

Cette petite fée avait, à la sourdine,

Ecarté les rideaux de la couche enfantine,

Et, n'y comprenant rien, s'amusait cependant

De ma voix qui tremblait et de mon geste ardent.

Je l'avoue, appelé par sa mine rieuse,

Un sourire effleura ma lèvre sérieuse ;

Je me levai soudain et fis deux ou trois pas

Vers l'ange gracieux qui me tendait les bras.

La mère me retint. Quoi ! vous riez, dit-elle,

Eh bien ! je pleure, moi, parce qu'elle est trop belle,

Parce que dans l'éclat de cet œil ignorant,

Sous l'animation de ce teint transparent,

Comme un germe orageux enveloppé d'aurore,

Le cœur brûlant déjà dans l'ombre s'élabore.

. . . .

. . . .

Ah ! pour remplir le vide horrible de l'adieu,

Lorsque ce doux berceau me fut donné par Dieu,

Je sentis jusqu'au fond de ma blessure ancienne

Palpiter dans mon sein ma vie avec la sienne.

Un baiser de ma fille, apaisant mon regret,

Dans l'impossible oubli mit le pardon secret,

Ma fille ! j'embrassai sur ses lèvres complices

Un but, un avenir d'amour et de délices !

Pour elle, je faussai longtemps à mon insu,

Sur mes plans de bonheur, le monde inaperçu ;

Mais un jour je le vis de mon humble fenêtre

Dans sa réalité terrible reparaître :

Paris grondait, sifflait, s'illuminait autour

De son fleuve éclatant la nuit, fangeux le jour ;

Un rayon s'échappa de sa brume enflammée,

Une voix s'éleva de mille voix formée,

Et, devant cette voix et ce rayon moqueur,

Le vrai, le vrai sinistre est entré dans mon cœur !

Le siècle n'aime pas, voilà son caractère ;

L'homme a soif aujourd'hui des baisers de la terre,

Et quand la proie est sainte..., afin de la saisir

Il masque d'idéal son ignoble désir !

Se méprisant lui-même, il méprise la femme,

S'il ne la brise pas il l'avilit dans l'âme ;

Il l'enivre aujourd'hui, l'abandonne demain,

Comme une fleur qui vient de parfumer la main.

Savez-vous où conduit, dans ce siècle de boue,

Ce doux songe d'aimer, où la vierge se joue ?...

A cette chambre obscure où, les yeux sur Paris,

Et pressant sa poitrine en ses doigts amaigris,

Une enfant délaissée au moment d'être mère

Goutte à goutte à son fils verse une vie amère !

À ce toit conjugal, sans flamme et sans devoir,

Où la femme se venge et meurt ! Sur le trottoir,

Où, voilant sous le fard sa face ravagée,

Couverte d'oripeaux et de liqueurs gorgée,

La rêveuse d'hier tend aujourd'hui ses lacs

Dans l'ombre où la police a mesuré ses pas !

Toute vertu trompée en un vice se change,

Et c'est les yeux levés qu'on tombe dans la fange !

« Grâce ! pitié !... je t'aime !... » Hélas ! cris superflus,

Le passant se détourne et ne la connaît plus !

Et moi j'élèverais ma fille à ce supplice,

Et de tous ces bourreaux devenant le complice,

Par l'éducation j'irais développer

De sublimes instincts qui doivent la tromper !

L'imagination, la foi, la poésie,

La candeur ! pour qu'un jour, jouet de fantaisie,

Dupe de l'apparence et du mot embrasé,

Elle prenne au réel un spectre déguisé,

Et que du beau, du bien son jeune cœur avide,

S'étiole au contact de la volupté vide !

Non ! reprit-elle alors d'un ton plus exalté,

Je dresserai ma fille à la société,

Je l'envelopperai d'une étoffe choisie,

D'un manteau radieux tissu d'hypocrisie...

Oh ! manteau seulement, car veillant au marché,

L'égoïsme, en dessous, sera toujours caché !

Au niveau de son temps courbons-la de bonne heure ;

C'est mon droit, mon devoir, et cependant je pleure ! »

12

« L'écho de vos douleurs vibre en ces mots amers,

Lui dis-je, mais lui seul ! Ainsi le bruit des mers

Retentit longuement au fond du coquillage

Que le flot infidèle a laissé sur la plage ;

Pleurez sur le passé comme sur un tombeau

Et ne maudissez pas qui vous laisse un berceau !

Apaisez-vous ! rendez votre enfant noble et bonne,

Cultivez saintement ce que le ciel lui donne,

La grâce et la beauté, l'élan et la candeur,

Et faites-la monter à toute sa hauteur !

Dût son ascension lui devenir funeste,

Elle mourra du moins sur la route céleste,

Et par chaque printemps son cœur épanoui

De son expansion aura du moins joui !

N'intervertissez rien ! la sombre expérience

A son jour ; laissez donc son heure à la croyance,

Gardez-vous au matin de lui montrer l'adieu :

La jeunesse est le temps de la fête de Dieu !

Le temps où la vertu, dans la fraîche pensée

Par les illusions doit être ensemencée,

Où le songe toujours doit venir d'Orient,

Chaque rayon jouer autour du front riant,

Où gaîment la chanson aux oiseaux doit répondre,

En bénédictions l'âme ouverte se fondre,

Pour que du souvenir de ce bonheur détruit,

Sur sa ruine même, éclate dans la nuit

Un vivace reflet qui dore la souffrance !

La sagesse est le fruit, la fleur est l'espérance !

Laissez donc cette enfant fleurir et s'élever,

Et ne la glacez pas pour la vouloir sauver.

Et croyez-le d'ailleurs, toute larme qui brille

Dans les yeux maternels rachètera la fille !

Ne vous y trompez pas, en ce monde avili,

Tout idéal encor n'est pas enseveli !

Il est de grands esprits qui vénèrent la femme !

Le prêtre a pu jadis douter qu'elle eût une âme,

Ceux-ci savent ! ceux-ci travaillent nuit et jour

A ranimer en nous la justice et l'amour !

Ceux-ci n'écrivent pas de ces livres hybrides,

Nés d'un cerveau caduc et d'appétits morbides ;

Qui, prêchant aux époux un compromis hideux,

Dans un bonheur abject les enchaînent tous deux !

Leur méthode est plus fière et plus puissante en somme !

On affranchit la femme en moralisant l'homme !

Déjà son esprit voit... et tôt ou tard vainqueur,

Un rayon de l'esprit tombera sur le cœur.

Alors, vous élevant à l'égalité même,

Il se respectera dans la femme qu'il aime !

Mais votre fille appelle... Allons, madame, allons

Déposer un baiser sur ses beaux cheveux blonds :

J'y vois comme un reflet d'une étoile propice

Qui vous promet ces temps de joie et de justice... »

La mère se leva, le regard triomphant,

Et, me serrant la main, embrassa son enfant !

RÉACTION

REACTION

Je ne suis pas de ceux qu'une main faible brise,

Dont l'adieu d'une femme emporte l'avenir,

Qui restent sous le poids qui les immobilise

Dans la prostration d'un morne souvenir;

Je ne suis pas ceux qui s'en vont à l'église

Énerver un regret qu'ils ne peuvent bannir,

Ni de ces cœurs manqués, à nature indécise,

Qui ne savent s'il faut pardonner ou punir.

Mais je suis de ceux-là dont l'âme souple et fière,

Jamais, même à l'amour, n'appartient tout entière,

Résiste à ses baisers comme à sa trahison ;

Découvre un point d'appui dans l'effort qui la ploie,

S'échappe d'un coup d'aile..., et, retrouvant sa voie,

S'élance du passé comme d'une prison !

LA LANDE

LA LANDE

Vous avez, achetant le pardon par l'offrande,

Repris au souvenir les fleurs de sa guirlande,

Vous avez oublié ce débris de château

Encore en garde et fier sur le flanc du coteau ;

L'étang du vieux moulin, le vallon qu'il arrose,

Et le petit sentier dans la bruyère rose,

13

Que nous avons suivi tous deux pour traverser

La lande où les chevreaux nous regardaient passer,

Où le vent du matin nous soufflait au visage ;

Vous avez oublié l'air et le paysage,

Les rochers, les buissons fourmillant sur le sol,

Qui prenaient votre robe ou votre voile au vol,

Le feuillage entassé dans le chemin rustique

Où votre pied léger faisait une musique...

La femme change d'âme en changeant de soleil,

Ce passé n'atteint pas... même votre sommeil !

C'est bien, mais eux, madame, ils ont bonne mémoire !

Buissons, arbres et fleurs connaissent notre histoire :

En doutez-vous ? chacun, pour me la raconter,

Hier à mon passage a voulu m'arrêter,

Je les ai trouvés tous bienveillants et fidèles !

Ils se sont informés de vous, de vos nouvelles,

Si vous laissiez encor descendre librement

Vos puissants cheveux noirs sur votre cou charmant;

Si vous chantiez toujours la romance que j'aime,

Où vous étiez, pourquoi j'étais là seul, moi-même :

Aiguisant à l'envi, sans en avoir dessein,

Mille petits détails qui m'entraient dans le sein !

Contre tous ces témoins d'un bonheur éphémère,

J'eus la tentation d'une parole amère,

Mais je la réprimai. Ce monde inférieur

(Nous l'appelons ainsi) peut-être est le meilleur !

Ce peuple végétal qui sous nos pieds fourmille,

Et sur le grand foyer vit et meurt en famille,

Tous ces êtres naïfs aux naïves amours

Peuvent-ils de nos cœurs pressentir les retours?...

Soupçonner le poignard dans la main caressée,

Sous le libre baiser une arrière-pensée,

Et cet art de cacher, par un horrible jeu,

Le plaisir de la fuite en des larmes d'adieu?...

Aussi j'enveloppai ma douleur d'un sourire,

Et loin, oh ! bien loin d'eux, je m'enfuis sans rien dire :

Car je ne voulais pas les détromper !.., ternir

La fête qu'ils donnaient à votre souvenir !

Qu'ils gardent leur candeur et restent sous le charme !

Pleurer m'eût fait du bien... mais c'est lourd, une larme !...

A quoi bon incliner sous ce poids douloureux

Une petite fleur qui vous croyait heureux ?..,

Passons. N'attristons pas leurs amours par les nôtres,

Ils nous ont été bons... ils le seront à d'autres,

Et je veux qu'ignorant votre cœur transformé,

Ils ne méprisent pas ce que j'ai trop aimé !...

ÉPILOGUE

EPILOGUE.

A MON PÈRE.

Oui! ma force s'en va, — je le sais, je l'avoue,

Et la ride n'est pas seulement sur ma joue.

La tempe s'est creusée... et le cœur est dolent :

Je sens mon pied plus lourd et mon esprit plus lent ;

Pour exprimer le vrai, le mot, quand je l'appelle,

Résiste ; cet esclave est devenu rebelle,

Et, pour le façonner à mon émotion,

Il me faut plus de temps et d'obstination.

Oui ! je penche sous l'Age et la mélancolie !

De mes réflexions la glace est dépolie ;

La fêlure et la rouille, en ce miroir éteint,

Décomposent les traits de l'objet qui s'y peint !

Entre le ciel et moi déjà passent des ombres :

J'entends dans mon esprit comme un bruit de décombres,

La solitude habite au fond de mon sommeil

Et mes illusions n'ont jamais de soleil.

Voici l'heure ! et le temps m'avertit par un signe

Qu'il faut plier bagage et que la mort m'assigne ;

Que, tel qu'un laboureur près du soc aiguisé

Se couche en souriant sur le sillon creusé,

Avant d'aller chercher dans une autre nature

Un outil plus puissant pour une œuvre plus pure,

Je devrais un moment, libre de tout souci,

Pour mieux travailler là me reposer ici ;

Jouir au jour le jour, sans remonter aux causes,

Abdiquer le problème et respirer les roses,

Et, d'un siècle orageux vieux lutteur affaibli,

Vivre dans mon repos, à l'ombre de l'oubli !

Et je réponds : Il faut que l'œuvre se consomme !

Or, tant qu'à ma poitrine il reste un souffle d'homme,

Et tant que je pourrai, sous mon ongle, sentir

Cette plume de fer qui ne veut pas mentir,

Et tant que je saurai, frappée et refrappée,

Tordre sur mon enclume une rime en épée,

Je ferai mon devoir, et j'irai jusqu'au bout !

Qui meurt en combattant tombe toujours debout.

Vieillir en travaillant, c'est se créer sur terre

Une immortalité féconde et solidaire !

S'universaliser en s'étendant toujours

Dans le flux et reflux des formes et des jours !

D'ailleurs, ma cause est juste et soutient ma faiblesse,

C'est ma conviction qui me sert de jeunesse !

Ainsi donc, jeune ou vieux, poëte obscur ou non,

Je publierai mon livre et j'y mettrai mon nom !

Tout livre bien armé sort de la conscience !

Le corps a son déclin, l'esprit sa défaillance,

La conscience reste ! et suppléant à l'art,

De je ne sais quel souffle inspire le vieillard,

Donne à chaque rayon des nouvelles idées

Plus de grâce et d'éclat dans les tempes ridées !

C'est le grave passé qui semble rajeunir

A porter dans ses mains les fleurs de l'avenir ;

Le grand chêne rugueux, couronné de feuillages,

Où les nids du printemps font mille babillages ;

Le bas-relief antique à l'Orient tourné,

Qui dans le jour levant sourit illuminé !

Forçant donc au devoir ma jambe endolorie,

Suivons notre chemin, malgré la raillerie ;

Gardons mon rang, soldat de bonne volonté,

Marchons pour la justice et pour la liberté !

Eveillons en leur nom le peuple qui sommeille,

Aux pieds des endormeurs qu'il proscrivait la veille.

Pour ranimer en lui le sens du vieil honneur,

Sa conscience en proie au doute empoisonneur ;

Pour que, rompant la toile habilement tissue,

Ce peuple herculéen reprenne sa massue,

Présentons à ses yeux la révolution,

Dans le miroir ardent de la tradition !

Demandons-lui s'il veut, ébloui par la pompe,

Du premier charlatan qui le flatte ou le trompe,

Tour à tour bâillonné, sabré, pipé, séduit,

Démolir de sa main ce qu'il avait construit!

Donner sueur et sang et traîner en échange

Une vie inquiète au milieu de la fange ;

Et, tandis que le fer, et le bois et l'airain,

Transformés en vitesse, en mouvement, en frein,

Semblent, pour s'emparer de la terre asservie,

Fermenter doublement de pensée et de vie,

Demandons-lui s'il veut, esclave du destin,

Mourir au milieu d'eux d'ignorance et de faim!

Pourvoyeur amaigri d'une splendide fête,

Engraisser les oisifs de sa sueur honnête,

Et tenter, en liant à ses enfants les bras,

D'enchaîner l'avenir qui ne s'enchaîne pas!

Montrons-lui son devoir! reprochons-lui sa faute!

Quand elle parle vrai, la voix porte... elle est haute!

Le pouvoir le sait bien, lui qui nous la défend...

Pour réveiller un peuple, — il suffit d'un enfant !

Puis éclairons l'esclave ulcéré par la chaîne,

Le pâle travailleur ramassé dans sa haine,

Leur prêchant l'équité, pour que ces Spartacus,

Quand ils auront le pied sur les maîtres vaincus,

Loin de s'abandonner à d'aveugles colères,

Tout en les nivelant, y respectent des frères !

Dans le droit personnel prennent leur point d'appui,

Et, vénérant en eux la dignité d'autrui,

De tous ces droits groupés, étendus l'un par l'autre,

Forment cette cité dont je suis un apôtre !

Cette vaste cité d'innombrables rapports,

Dont l'évolution formera les accords,

Où le peuple pourra, divisé par série,

Répandu dans les arts, les sillons, l'industrie,

A la valeur d'échange appliquant l'équité,

Sûr d'une égale part, produire en liberté !

Comme un spectre de nuit attaqué par l'aurore,

Alors s'effacera ce qui nous déshonore !

La misère ! avec ceux qui voudraient , mais en vain,

Pour mieux nous avilir, y mettre un sceau divin !

Alors disparaîtront les taches et les rides !

La face sera belle et les âmes limpides,

Et sur les hautes tours dépassant l'horizon,

L'ardente poésie et la froide raison

Regarderont au loin, dans la distance obscure,

Monter en vision l'humanité future,

Tandis que le vieillard, près du berceau penché,

Bercera l'avenir sous les rideaux ca.. '.

O muse humaine enfin! je pressens ta venue,

Tu vivras près de nous et non plus dans la nue;

Tu seras belle et bonne et n'embraseras plus

D'un breuvage enchanté le cœur de tes élus!

Tu ne verseras plus dans la coupe choisie

Et le vieux romantisme et la vieille ambroisie;

Non! tu la rempliras d'un vin plus généreux,

Qui sans les enivrer les rendra vigoureux.

Tes baisers doux et sains n'énerveront pas l'âme,

Tu ne laisseras point fuir au hasard la flamme,

Tu conduiras le jet ardent de l'idéal,

Pour échauffer le bien et consumer le mal!

O viens! apparais-moi! muse encore innommée!

Sans pouvoir t'embrasser, je t'ai toujours aimée!

Maintenant, je suis vieux... avec un faible chant,

Je descends la montagne au soleil du couchant!

Laisse-moi voir tes yeux avant que je ne tombe!

Jette-moi quelques fleurs que j'emporte en ma tombe!

Apparais! apparais! le front pur, le sein nu,

Refoulant le passé, révélant l'inconnu!

Ouvrant à la nature une main fraternelle,

Souriant à tes fils abrités sous ton aile,

Et plaçant désormais leur zénith radieux

Dans l'humanité même et non plus dans les cieux!

TABLE

TABLE

FIN DE LA TABLE.

Paris. — Typographie HENNUYER, rue du Boulevard des Batignolles, 7.

www.ingramcontent.com/pod-product-compliance
Lightning Source LLC
Chambersburg PA
CBHW061441030726
47503CB00005B/1509